LE CANTAL

ÉPITRE POÉTIQUE

PARIS

IMPRIMÉ PAR E. THUNOT ET Cᴵᴱ,

RUE RACINE, 26.

———

1868

LE CANTAL

ÉPITRE POÉTIQUE

LE CANTAL

ÉPITRE POÉTIQUE

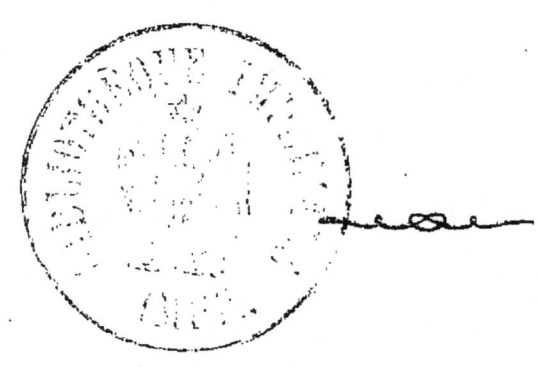

PARIS

IMPRIMÉ PAR E. THUNOT ET Cⁱᵉ,

RUE RACINE, 26.

—

1868

Ces vers sont d'un homme qui n'en a guère fait d'autres et qui n'a jamais nourri de prétentions au talent poétique. Il a cru cependant se sentir, il y a quelques années, un peu inspiré par le patriotisme, dans l'essai actuel, qu'il offre à ses amis et dont il a regretté de ne pouvoir faire de véritables *Géorgiques cantaliennes*, sujet qu'il laisse à de plus habiles.

LE CANTAL

ÉPITRE POÉTIQUE A L'OMBRE DE HALLER

LE POÈTE DES ALPES (1)

—

I.

INVOCATION.

—

Toi qui de ton pays parcourant les montagnes,
Attachais à tes pas les muses pour compagnes,
Qui peignis dans tes vers la Suisse et ses troupeaux,
Et soumis la nature à tes savants pinceaux,
Haller, viens avec moi visiter ma patrie.
Échauffe mon esprit des feux de ton génie.

---

(1) Albert de Haller, grand naturaliste bernois, écrivain politique recommandable, a été en outre au xviiie siècle l'un des initiateurs de la poésie allemande et particulièrement de la poésie appliquée à la description de la nature. Son poëme des Alpes, qui n'a pas été traduit en français, ayant fourni quelques

Des Alpes souviens-toi que les sommets altiers
A ta gloire immortelle ont servi de piliers (1).

Ta main des corps vivants sut dévoiler l'histoire
Et de mille travaux nous légua la mémoire ;
La plante et l'animal, disséqués par tes mains,
Ont livré leurs secrets au reste des humains.
Mais d'autres sont venus dépasser ta science.
Si le Conseil de Berne applaudit ta prudence,
La vieille république, instruite par ta voix,
Disparut sous les coups qui brisèrent les rois...
Tes vers seuls sont debout : tableau de la nature,
Ils ont de ton pays l'immortelle verdure ;
Comme elle ils ont vaincu la rigueur des climats,
La foudre des étés, la glace des frimas ;
Au culte du talent l'humanité fidèle
Leur assure un renom aussi durable qu'elle.

Moi, qui de l'art des vers connais peu le plaisir,
Et qui donne à la muse un reste de loisir,

---

traits de cette boutade rimée, l'auteur a voulu que l'ombre de Haller planât
sur la description des *Alpes cantaliennes*.

(1) Une image analogue a été déjà employée au sujet de Haller par le poëte
Kleist. Dans ses vers sur le printemps, Kleist dit de Haller :

    Der sich die Pfeiler des Himmels, die Alpen, die er besungen,
    Zu Ehrensæulen gemacht.

Je cherche en te lisant l'élan de ma jeunesse

Mais ressens sur mon front le poids de la vieillesse.

Je ne puis, avec toi marchant d'un pas égal,

A tes sublimes monts égaler le Cantal.

A trop de parité nos pays sont rebelles...

Je ne puis te montrer, ni neiges éternelles,

Ni ces lacs, dont l'azur sillonné de bateaux,

Reflète les rochers qui pendent sur leurs eaux.

Mais ces prés verdoyants, ces agrestes usages,

Ces mœurs que tu louas comme celles des sages,

Tu pourras parmi nous en revoir le trésor,

Et parmi nos pasteurs retrouver l'âge d'or.

Heureux si dans mes vers quelque rare étincelle

De la Suisse te rend le souvenir fidèle!

Viens donc sur nos sommets méditer avec moi.

Lorsque je vis les tiens, je me souvins de toi :

Et dans le saint dépôt d'images patriciennes (1)

Où Berne ta patrie a fait placer les tiennes,

De tes seigneurs jaloux (2) tu me parus le roi,

Et leur pompe officielle y pâlit devant toi.

---

(1) La bibliothèque publique de Berne, où le portrait de Haller est rapproché de celui d'une série de magistrats de la république.

(2) On raconte que Haller avait toujours été écarté du Petit Conseil de Berne.

II.

LE RIGHI ET LA SUISSE MODERNE.

—⁊

Mais d'abord, tous les deux, saluons cette terre
Qu'illustra le labeur de ton esprit austère.
Visitons les sommets voisins de ton tombeau,
Avant de parcourir un horizon nouveau.
Des monts que tu chantas admirons la merveille...
Aux pieds du grand Righi tout un pays sommeille :
Dix lacs autour de lui répandent leur azur.
La neige des grands pics, brillant sous un ciel pur,
Reflète sur le sol la blancheur du nuage,
Et parfois s'obscurcit du voile de l'orage.
De la grandeur de Dieu ces monuments épars
Jadis contre l'Autriche ont servi de remparts ;
Mais du Suisse affranchi les défenses antiques
A la paix bienfaisante ont ouvert des portiques ;
Et la verte campagne ainsi que la cité
Réunit l'industrie avec la liberté.
Tu vois avec orgueil des machines nouvelles
A travers la vapeur jeter des étincelles ;
Sur le miroir des lacs, sur les rubans de fer

L'homme semble guider un esprit de l'enfer.

Un siècle, depuis toi, guidé par la science,

De l'infime mortel augmenta la puissance!

Des œuvres de sa main admire la grandeur!

De tes fils l'industrie a doublé de hauteur :

Ne crains pas qu'au milieu de ces forces nouvelles,

La nature ait changé ses beautés immortelles.

Tu reconnais les monts que chantèrent tes vers,

Leurs fronts toujours neigeux, et leurs pieds toujours verts.

Moi-même, en parcourant ces Alpes historiques,

A travers les troupeaux et les chalets rustiques,

Je revois des aspects voisins de mon berceau :

Tout me paraît plus grand, mais rien ne m'est nouveau.

Ces vaches à l'écart, recherchant leurs compagnes,

Ces limpides ruisseaux, ces tranquilles campagnes,

Que la voix du pasteur anime de son chant,

Réveillent dans mon cœur mes souvenirs d'enfant;

Je crois sur ces sommets retrouver ma patrie :

De la peindre à tes yeux je sens naître l'envie,

Et dans le cercle étroit d'un plus humble horizon,

Je voudrais de ton art rajeunir la leçon.

Puisses-tu, sur les monts d'une terre étrangère,

Me prêter quelque accent de ta muse sévère!

III.

LES SOMMETS DU CANTAL.

Notre Gaule, héritant des dons du sol latin,
Voit ses guérets chargés de froment et de vin.
Non loin de ton pays, nos provinces voisines
Aux pampres de Bacchus ont livré leurs collines,
Et par tout l'univers nos vignobles fameux
Versent de notre esprit l'arome généreux.
Mais le sol escarpé du centre de la France
De ces fruits du soleil rejette l'espérance.

Le Cantal, soulevé par des feux souterrains,
Sous un climat ingrat au travail des humains,
Porte à cinq mille pieds sa tête verdoyante,
Que recouvre souvent la nuée ondoyante.
Rajeuni par la pluie, un fertile gazon
Y couvre tout le sol dans un vaste horizon ;

Et sans pouvoir nourrir de culture rivale,

L'homme doit au destin sa mission pastorale.

Au milieu de ces monts, d'innombrables troupeaux

Semblent maîtres d'un sol dégarni de hameaux.

Les chèvres, les brebis et les taureaux superbes

Parcourent fièrement cet empire des herbes ;

Et l'homme, de ce sol faible dominateur,

D'animaux ruminants n'est que le protecteur.

Il vit dans le milieu de leur calme entourage,

Et paraît partager leur pas pesant et sage.

Leur lait tout à la fois nourriture et boisson,

Aliment principal de l'alpestre saison,

Enrichit l'habitant de nos gras pâturages,

Et laisse dans ses mains le beurre, les fromages,

Qui seraient transportés au bout de l'univers,

Si l'art les préparait à traverser les mers.

Ah ! qu'il est beau de voir, dans ces vertes campagnes,

Le troupeau nourricier des vaches de montagnes

Se grouper à la voix du paisible pasteur,

Et remplissant du parc l'asile protecteur,

Prêter aux doigts humains la féconde mamelle,

Pleine deux fois par jour d'une liqueur nouvelle !

Par les soins des bergers en fromage réduit,

Le lait, de notre terre est le premier produit.

A l'ancien sol gaulois la conquête étrangère
Apporta la charrue, encor pour nous l'*araire;*
Mais depuis quelque temps l'instrument rejeté
D'un art trop imparfait marque la vétusté.
Le sol, que la *Dombasle* élève en vague brune (1),
Du patient laboureur accroîtra la fortune,
Et quand l'homme se livre à de plus grands efforts,
La terre maternelle augmente ses trésors.
Bientôt nous n'aurons plus les machines romaines,
Et de meilleurs engins sillonneront nos plaines....

Mais ces révolutions dans l'art de nos guérets
N'atteignent pas encor nos rustiques chalets.
Tout y porte le sceau de la coutume antique :
L'habit de nos bergers garde un type celtique (2).
Le lait privé de *tôme* et les *gerles* de bois
Y conservent les noms de l'idiome gaulois (3).

---

(1) L'auteur a cru pouvoir s'approprier cette image de Kleist qui, parlant du laboureur appelé au travail par le chant de l'alouette, dit de lui :
.... Er horcht gen Himmel; dann lehnt er
Sich über den wühlenden Pflug, wirft braune Wellen aufs Erdreich.
(2) Le *saïe* et les *bragues* sont le *sagum* et les *bracæ* des Gaulois.
(3) Le lait dégagé de la matière caséeuse ou *tôme* (nom usité aussi en Dauphiné) constitue le petit-lait ou *serai*, qui dans les burons du Cantal s'appelle *merg*, nom qui rappelle le nom général du lait dans les langues germaniques et celtiques. Les *gerles* sont les vases de bois du chalet ou buron cantalien, que les paysans nomment aussi *mazut* dans leur idiome d'origine romane.

Du vacher auvergnat le travail solitaire
Paraît de son climat la suite nécessaire,
L'observateur, épris des traces du passé,
Y voit l'art du pasteur tel qu'il a commencé.
Et comme nos gazons verdissant sans culture
Cet art semble sorti du sein de la nature.
Contre les vents du nord par un arbre abrité,
Éloigné tout l'été des bruits de la cité,
Le berger vit content dans son *buron* rustique.
Si vous l'interrogez dans son idiome antique,
De sa simplicité mesurant le bonheur,
Des dons de Dieu pour tous vous verrez la grandeur.
A l'abri des passions du peuple de la ville,
Le pâtre dort heureux dans son champêtre asile.

Ah! si parfois un cœur, troublé d'ambition,
Des froissements humains regrette l'émotion,
Rougissant des penchants d'une trop lâche étude,
Qu'il aille du pasteur goûter la solitude!
Faibles mortels, tremblants devant l'isolement,
Admirez sur les monts l'éclat du firmament!
Regardez tout autour la terre qui s'abaisse :
A chaque pas plus haut sentez votre noblesse,
Et voyant fuir sous vous les rochers, les forêts,

De l'immense horizon savourant les attraits,

Dédaignez des cités le tumulte stérile :

Préférez-leur des champs le silence tranquille,

Où dans la solitude, éclairé par son cœur,

L'homme apprend qu'en son âme est caché le bonheur.

IV.

LA SCIENCE NATURELLE.

—

C'est ainsi qu'en tes vers tu chantas les campagnes !
Ne vas pas aisément dédaigner nos montagnes,
Haller ! Si tous les ans leur plus grande hauteur
Voit se fondre la neige à l'ardente chaleur,
Cependant, sur les flancs de leur noble altitude,
Tu trouveras les fleurs, objet de ton étude.
De plusieurs de tes monts notre *Plomb* est l'égal,
Le niveau du Righi c'est celui du Cantal.

La science en tes vers orna la botanique !
Tu montras sous l'éclat d'un pinceau véridique
La gentiane azurée aux côtés de sa sœur,
De ses pétales d'or admirant la hauteur (1)...

---

(1) Haller a écrit, sur le rapprochement de la grande gentiane jaune et de la
petite gentiane bleue, de jolis vers dans *les Alpes :*

Dort ragt das hohe Haupt am edeln Enziane
Weit über'n niedern Chor der Pöbelkraeuter hin ;
Ein ganzes Blumenvolk dient unter seiner Fahne,
Sein blosser Bruder selbst bückt sich und ehret ihn.

Tu pourras retrouver ce tableau sur nos cimes

Et parcourant nos prés pendant sur les abîmes,

Dans le creux des rochers, à l'ombre des sapins,

Sur le haut des coteaux comme aux flancs des ravins,

Tu verras tout perlés des larmes de l'aurore

Les brillants étendards des bataillons de Flore.

Mais une autre science, éclose de ton temps,

A du globe terrestre instruit les habitants.

Nous avons pénétré l'enveloppe du monde,

Et de sa construction percé la nuit profonde.

Les monts que tu chantas, agrégés sous les eaux,

Montrent l'œuvre des mers gravé sur leurs plateaux.

Ici tout est sorti des forges souterraines.

Du cratère béant, s'écoulant vers les plaines,

La lave du volcan, au cours terrible et lent,

A marqué nos vallons de son vestige ardent.

Vois tout autour de nous, ces cendres, ces scories,

Qu'on dirait, sous nos pas, à peine refroidies....

Ailleurs, les flots rongeurs d'un rapide torrent

Semblent vaincre le feu par un autre élément.

Ils creusent dans la lave une coupe profonde,

Et montrent, dans le roc penchant au bord de l'onde,

Les débris charbonnés d'antiques végétaux,

Couverts par l'éruption, découverts par les eaux (1).

Le géologue, ému devant un tel spectacle,

De la nature en feu croit entendre l'oracle.

Si ton œil eût connu ces accidents si beaux,

Le monde les aurait appris de tes pinceaux....

Mais laissons des sommets l'agreste paysage,

Et suivons les bergers quittant le pâturage ;

Aux approches du froid précurseur des frimas,

Ils cherchent les abris de moins rudes climats.

---

(1) Il est fait ici allusion à une coupe géologique remarquable signalée par divers géologues depuis le célèbre Léopold de Buch, et qui se trouve sur la droite d'un ruisseau descendant du Bois-Noir, à peu de distance de Labastide sur Fontange, dans le département du Cantal.

V.

LES VALLÉES. — L'AGRICULTURE ET LA VIE
DU PAYSAN. — LES MŒURS LOCALES.

—

Dirigeant ses vingt sœurs de sa clochette altière,
La reine du troupeau s'avance la première.
Du buron déserté le pesant mobilier
Est porté sur leurs pas au logis du fermier ;
Et des chalets d'en haut le rustique ménage
Des demeures d'hiver remplit le voisinage.
Jusqu'à ce que la vache ait vu tarir son lait,
Le berger sait poursuivre un produit moins parfait;
Car des sommets d'été les plantes embaumées
Ont fait place aux tapis d'herbes moins parfumées.
Bientôt, la laiterie est mise dans un coin :
Au râtelier rempli par la paille et le foin,
La vache tristement se retrouve attachée,
Les pieds souillés de fange, et la tête penchée.
Et regrettant des monts le pâturage vert,
Elle passe à maigrir le reste de l'hiver.

Mais la ferme d'en bas a son agriculture.

Attentif à marcher au pas de la nature,

Le semeur, emplissant les sillons du labour,

Du seigle et du froment prépare le retour.

Le froid, de son travail sait bénir la patience,

Et féconde en secret la précieuse semence.

Dans les prés abreuvés des neiges des hivers,

Mille canaux rampants avec art sont ouverts.

Ils versent en tout sens les ondes nourricières.

Et les eaux, descendant des collines altières,

Du rustique ingénieur récompenseront l'art,

En fécondant le sol par les dons du hasard.

Heureux, lorsqu'une source, aliment d'arrosage,

D'un bienfait plus constant nourrit le pâturage !

Ainsi l'on sait gagner le retour du printemps.

Bientôt, les champs glacés au souffle des autans

Dépouillent de l'hiver la sévère parure.

Le baiser du soleil réveille la nature ;

Quand son souffle secret embellit le matin,

Il faut vite semer le chanceux sarrasin,

Afin qu'au chanteau noir d'une rude farine

Se mêle la fraîcheur d'une galette fine.

Joyeux les laboureurs quand le porc enfumé

Apporte son régal à leur corps affamé !

La montagne longtemps a subi la froidure,

Et l'homme y doit subir une existence dure ;

De ses meilleurs repas le luxe solennel

Assaisonne ses mets par le beurre et le sel.

Il connaît peu les fruits d'une terre lointaine ;

L'huile de ses repas, c'est la noix ou la faîne

Qui remplace pour lui le fruit de l'olivier.

Mais si Dieu sur nos monts n'a mis que le pommier,

Cependant, du Midi, cette liqueur traîtresse,

Qu'en d'énergiques vers condamna ta sagesse, (1)

Vient à nos montagnards apporter sa gaîté,

Et troubler quelquefois leur grave austérité.

Ainsi, dans les labeurs d'une rude journée

On atteint le moment d'une douce veillée,

Où se nouent quelquefois les chaînes des amours,

Leurs ardeurs du moment, et leurs vœux pour toujours.

Chacun met en commun les instincts de son âge ;

Des jeunes invités on connaît le partage.

L'art ne se mêle guère à ces rares loisirs.

La bruyante bourrée en fait tous les plaisirs,

---

(1) Haller, philosophe sobre, qui demandait tout au plus au thé, suivant ses biographes, quelques inspirations, a dit du vin dans son poëme des *Alpes* :
Der Mensch allein trinkt Wein, und wird dadurch ein Thier.

Et dans le cuir gonflé de la chèvre rustique
Le joyeux montagnard sait trouver sa musique.

Quand sous le toit grossier, éclairé d'un bon feu,
La danse fatiguée a terminé son jeu,
Souvent, pour dissiper un ennui monotone,
Commencent des récits que l'esprit assaisonne.
Parfois un vieux soldat raconte les exploits
Des géants de l'Empire évoqués à sa voix ;
Car la France toujours s'enivra de la guerre,
Toujours elle applaudit la valeur militaire,
Et partout le ruban conquis au champ d'honneur
Commande le respect et fait battre le cœur.
Heureux qui du passé peut narrer la prouesse !
Le laboureur curieux autour de lui se presse.
Si de l'impôt du sang il aimait la rançon,
Il sait quand il le faut accourir au canon,
Et plus d'un noble chef sorti de nos vallées
A marqué de son sang d'immortelles journées.
L'Helvétie, autrefois, calme dans sa fierté,
Savourant en repos l'antique liberté,
Demandait à nos rois l'emploi de sa vaillance,
Et mêlait ses soldats aux soldats de la France.
Jamais nous, fils jaloux de la grande nation,

N'avons à l'étranger prêté nul bataillon ;
Et jamais notre sang, dans les jeux de la guerre,
Ne coula pour les rois d'une terre étrangère.
Mais de notre pays la voix, chère à nos cœurs,
Souvent nous convoqua parmi ses défenseurs....
Toutefois nous pesons le prix de nos journées.
Quand de l'âge viril arrivent les années,
Si le sol appauvri manque à notre labeur,
Nous allons au dehors répandre notre ardeur.
Cherchant sur tous les points l'occasion qui perce,
A la pelle, à l'outil, à nos bras, au commerce,
Nous demandons le pain que refuse le sol,
Et par tout l'univers nous prenons notre vol.
Parfois, nos émigrants delà les Pyrénées
Ont rapporté chez nous des sommes fortunées....
Mais quel que soit le gain de son rude labeur,
L'Auvergnat veut toujours s'appuyer sur l'honneur.
Puisse notre vigueur que l'on dit sans égale,
Et notre bonne foi peut-être sans rivale,
Résister au désir par le luxe excité,
Et du nom cantalien garder la probité !

Et toi, qui me charmas en chantant l'Helvétie,
Toi pour qui j'ai dépeint l'aspect d'une patrie

Si chère à ses enfants épars dans l'univers,

Accueille ces essais inspirés par tes vers.

Pour toi comme pour moi ces cascades fumantes,

Ces pics semés de fleurs, ces rampes verdoyantes

Valent mieux que la gloire et les plus hauts emplois.

Ni l'ardeur du Forum, ni l'approche des rois

Ne détournent des champs l'affection du sage ;

Il leur promet son cœur et son dernier voyage (1).

---

(1) Cette pensée est de Haller, qui a terminé son fragment poétique intitulé *Sehnsucht nach dem Vaterlande* (Désir de la patrie) par les deux vers suivants:

Ihr aber grünt indessen, holde Gründe,

Bis ich zu euch die letzte Reise thu'.

www.ingramcontent.com/pod-product-compliance
Lightning Source LLC
Chambersburg PA
CBHW061633180626
46818CB00005B/2355